Jens Korbus

Goethes schöne Mailänderin

Bibliografische Information der Deutschen Nationalbibliothek:
Die Deutsche Nationalbibliothek verzeichnet diese Publikation in der Deutschen Nationalbibliografie; detaillierte bibliografische Daten sind im Internet über http://dnb.dnb.de abrufbar.

© 2016 Jens Korbus, 56072 Koblenz

Coverbild und Seite 4: Goethes „schöne Mailänderin". Radierung nach dem neu entdeckten Gemälde von Angelica Kauffmann, aus „Die Gartenlaube", 1897, Wikimedia Commons
Cover und Layout: Manuela Wirtz, www.manuwirtz.de

Herstellung und Verlag: BoD – Books on Demand, Norderstedt

ISBN: 9783741241529

Jens Korbus

Goethes schöne Mailänderin

Dem Künstler Hanns Lansch gewidmet

*Maddalena Riggi ('Die Schöne Mailänderin')
nach einem Gemälde von Angelica Kauffmann*

ER WAR jetzt ein Jahr in Italien. Nach der Schiffsreise nach Sizilien, ein zweites Mal in Rom. In dieser Stadt, die ihn zu sich selbst und zu seinem Künstlertum zurückgebracht hatte. Reiffenstein, der Kunstfreund und Archäologe, Freund Winckelmanns, Hackerts und Angelica Kauffmanns, hatte ihn in seine Sommerresidenz in Frascati, nicht weit von Rom, eingeladen. Er hatte dort gezeichnet und kartiert, getuscht und Farbe aufgetragen und Carl Philipp Moritz sein Pflanzensystem erklärt. Das hatte ihn bewogen, das System auch für sich selbst aufzuschreiben. Er hatte viel gearbeitet, und dann war er von Frascati für einen Tag nach Albano gegangen und war von dem englischen Kunsthändler und Bankier Thomas Jenkins in dessen Sommerresidenz nach Castel Gandolfo eingeladen worden, in die Villa Torlonia, ein weitläufiges Prachtgebäude, das einmal einem Jesuitengeneral gehört hatte. Hier hatte er herrliche Sommertage verlebt, Castel Gandolfo lag dreißig Meilen südöstlich von Rom. Die Fahrt über die Via Appia war eine Kleinigkeit gewesen. Der Albaner See lag gleich nebenan. In dieser kleinen Stadt, die zur italienischen Region Latium gehörte, lag auch die Sommerresidenz der Päpste. Genau das Richtige für ihn! In Frascati hatte es ihm nicht so gut gefallen wie hier. Aber der großzügige Park rund um die Villen des römischen Adels war schön. Man konnte sich gut darin ergehen. Die Frauenfiguren aus Ton, die es dort zu kaufen gab, hatten drei Brüste, zwei für die Milch und eine für den Wein. Auch der Glockenturm San Rocco aus dem Jahre 1305 in der Altstadt hatte ihn fasziniert. – Die Villa Torlonia mit dem vorgebauten, großen Wasserbecken zum Kühlen. Aber es war ja Herbst. Dahinter die romanischen Bögen der Villa.

Die Stadt war schon bei den Römern ein Treffpunkt reicher Familien gewesen. Auf dem Markt lagen dicke Schinken in der Auslage, an den Decken hingen in langen Reihen Salsiccia, geräucherte Würstchen. Die Buden hatten dort Spanferkelscheiben auf Holzofenbrot angeboten. Essen war doch, neben der Sinnlichkeit, der Sinn des Lebens. Er hatte sich in Castel Gandolfo gleich mit Jenkins angefreundet, der sein Büro genau gegenüber seiner römischen Wohnung auf dem Corso hatte. Auch seinen redlichen Commis Carlo Ambrogio Riggi mochte er. Der hatte, aus Mailand stammend und in Rom ansässig, seine schöne junge Schwester Maddalena in die erlesene Gesellschaft eingeführt. Angelica Kauffmann, die begabteste Malerin Deutschlands hatte sie im Jahr 1795, also acht Jahre nach der Begegnung mit Goethe, gemalt. Das Bild zeigte sie in ihrer Üppigkeit noch schöner. – Der volle Busen halb entblößt, ein Ärmel ihres Kleides war linker Hand halb heruntergerutscht. Schöne, ziselierte Armringe um die beiden Handgelenke. Das volle, hellbraune Haar mittellang, keine Ohrringe. Den Kopf zur Seite geneigt, nicht den Betrachter anblickend. Das volle Gesicht in stolzer Selbstgefälligkeit nach innen. Ein kleiner Fettansatz unter dem Kinn. Augen und der üppige Mund im stolzen Wechselspiel. Sie war jetzt dreißig und schon sieben Jahre mit Volpato verheiratet. 1803 würde sie, nach Volpatos Tod, Francesco Fiaucci heiraten. Von der jugendlichen Ausstrahlung mit zweiundzwanzig gibt es kein Bild. Aber das „Anfragende" ihres Wesens sieht man auf dem Bild von 1795 noch immer. Sie hatte braune Augen, wie Goethe selbst.

Man lebte gegen Ende des 18. Jahrhunderts, und die aufgeklärte Oberschicht, zu der Goethe auch gehörte, besonders aber der Adel, hatten ein ganz anderes Verhältnis zur Frau als das 19. Jahrhundert oder wir heute. Begabte Frauen, wie Angelica Kauffmann, waren vollkommen gleichberechtigt und suchten sich auch ihre Partner selbst aus. Im Adel war es üblich, dass nach der Zwangsehe und den Kindern Liebhaber genommen wurden. Von beiden Seiten. Maddalena Riggi kam aus der unteren Mittelschicht und war von Mailand nach Rom gegangen, weil sie durch ihren Bruder Carlo und dessen Arbeitgeber Thomas Jenkins leichter Verbindungen zur Oberschicht anknüpfen konnte, um „nach oben" zu heiraten. Über ihren „Bräutigam", der sich nach zwei Monaten zurückzog, ist nichts bekannt. Aber Goethe wäre eine willkommene Partie gewesen. Und Goethe hätte sie, die seinen Belehrungen so zugänglich wurde, bestimmt nach Deutschland mitgenommen. Er war ja mit Christiane Vulpius noch weiter unter seinem Stand geblieben. Aber Christianes

Familie hatte mehr Gelehrte hervorgebracht als die ganze Familie Goethe.

Dieser Fremde, mit dem markanten Gesicht, zog sie an. Natürliche Haarfarbe, dunkelbraun wie ihre. Braune Augen und ein feingebildetes Ohr. Deshalb konnte er so gut zuhören. Über der Stirn wurden die Haare allerdings schon etwas licht. Das kam schon bei jungen Männern vor. Der Blick geradeaus, halb nach oben gerichtet. Zu den Göttern. Die Augenbrauen gerade. Die Nase fast markant, mit einem winzigen Höcker. Kleine rote Äderchen auf der Nase und den Wangen vom Wein. Das Kinn mit einem Grübchen in der Mitte. Die Lippen, kein bisschen sinnlich. So einer würde nicht nur an ihrem Körper Gefallen finden, sondern auch an ihrer bildungshungrigen Seele. Das war ein Mensch, der zu befehlen gewohnt war, der sich aber trotzdem einordnen konnte. Angelica Kauffmann hatte ihn auch gemalt. Er sah, so sagte er selbst, sich darauf kein bisschen ähnlich. Es ist immer ein hübscher Bursche, aber keine Spur von mir! Sein Gesicht hatte auf diesem Bild etwas Zurückgenommenes, Spitzmäusiges. So schüchtern, wie er auf dem Bild blickt, kann er im Leben gar nicht gewesen sein. Eher wirkt er dort wie ein Bübchen. Aber ein widerspenstiges! Angelica Kauffmann mochte Maddalena, und diese hatte auch einen Zugang zu der Frau gefunden, die so in sich selbst ruhte. Angelica war hier zum Mittelpunkt der italienischen und deutschen Kultur geworden. Alle wollten von ihr porträtiert werden. Und tatsächlich sahen alle Leute, die Angelica gemalt hatte, ihr selbst irgendwie ähnlich.

In Maddalena tat sich eine ungeheure Möglichkeit auf, aus dem Kreis um ihren Bruder, dem Commis, heraus zu gelangen, und sich an diesem Fremden, eigentlich gar nicht so fremden Deutschen anzuschließen und Angelica Kauffmann ebenbürtig zu werden. Der Deutsche, der die fremde Sprache, ihre Sprache, so prächtig parlierte, würde sie aus dem Bildungssumpf herausholen. Sie würde schreiben lernen und bald englisch sprechen und verstehen. Sie würde in den Gazetten lesen können, was die Politik war und wohin sie sich bewegte. Auch wohin die Schiffe segelten, die im Hafen von Ostia anlegten. Was sollte da der sogenannte „Bräutigam", der zudem weit weg war und ihre Versorgungsehe mit ihm. Sie war immerhin schon zweiundzwanzig, und bald wäre sie für eine Vermählung zu alt. Sie würde aber vor ihrem Gspusi die Neigung zu diesem gebildeten deutschen Künstler nicht geheim halten können, das wusste sie. Er würde es ihr beim ersten Zusammentreffen anmerken. Wahrscheinlich geisterte er noch in Rom herum. Ihr Bruder hatte ihr mit dem Kreis um Jenkins den besseren Teil geboten. In Mailand hätte sie vielleicht auch nur einen Analphabeten bekommen. Obwohl sie wusste, dass diese Heirat notwendig war. Aber da war ja noch der junge Volpato, der Sohn des berühmten Kupferstechers. Wenn Goethe und ihr Bräutigam nicht hielten, was sie zu versprechen schienen, wäre der auch noch etwas für ihre Zukunft. Diese Zukunft war aber auch vorauszusehen. Frauen erzog man, wenn sie nicht adlig waren, nur zu einer Art von zahmen Haustieren. So wollte sie nicht werden. Sie hatte ja bei dem Fremden angefragt, ob sie eine Chance bekäme. Sie war jetzt genau sechs Tage in Castel Gandolfo. Ihre Freundin hatte sie mitgenommen und hier eingeführt. Diese einzigartige Möglichkeit wollte sie sich nicht entgehen lassen. – Der Fremde war doch kein Hochstapler? Angelica war ja auch einmal auf einen hereingefallen. Sie hatte ein besseres Auge. Dieser Fremde hatte etwas übrig für sie. Das hatte sie gleich beim ersten Blick gespürt. Und ihren Hunger nach Sprachen, Wissen und Erkenntnis würde er auch stillen. – Er war kein Verführer, das wusste sie. Sie würde es, mit seiner Hilfe, noch weiter bringen. Sie hatte erhört, dass er Minister in irgendeinem Zwergstaat in Deutschland war. Ministerfrau, das war auch etwas. Sie hatte sich keinen Augenblick besonnen, sich beim anschließenden Essen neben ihn zu setzen. Es würde Gerede geben, das wusste sie. Aber dieser fremde Deutsche war nicht nur gutaussehend, er hatte auch ihren Bildungshunger befriedigt. Oder war es Aufstiegshunger? Ihre Mutter würde von der Aussteuer reden und dem Fremden zu verstehen geben, dass sie vergeben sei. Es war Vabanque, und sie beschloss, alles oder nichts zu setzen. Sie hatte ja Pharo oft genug gespielt.

GOETHE SAH sofort, dass er eine junge, schöne Frau ohne Bildung vor sich hatte, so wie er sie mochte. Vielleicht gerademal zwanzig Jahre alt. Hellbraune Haare, klare, zarte Haut, braune Augen. Von einem offenen sowohl ansprechenden als auch anfragenden Wesen. Was fragte sie an?

Der fremde Tedesco gefiel Maddalena. Das ließ sie Goethe merken, und er hatte schon immer eine Antenne für solche Sachen gehabt! Wie war sie überhaupt in den erlesenen Kreis um Angelica Kauffmann, Zucchi, Reiffenstein und die Künstler gekommen? – Wahrscheinlich durch ihren Bruder Carlo Ambrogio Riggi, den redlichen und kaufmännisch begabten Commis des Kunsthändlers Jenkins, der zu diesem Kreis auch wie selbstverständlich gehörte. Maddalena wollte nach oben, Zucchi, der Gatte von Angelica Kauffmann, war einundsechzig, älter als dieser Deutsche. Wie alt mochte der sein? Angelica war sechsundvierzig. Sie schätzte ihn auf fünfunddreißig! – Was war dagegen der Mann, dem sie versprochen war? Dessen Fehler hatte ihre Mutter ja vor den Ohren des Fremden diskutiert.

Sie hatte zusammen mit Goethe und einigen anderen Pharo, eine Art Lotto, gespielt, halb Glücksspiel, halb mit Verstand betrieben, und er hatte mal mit dieser, mal mit jener die Karten gehalten. Pharo wurde mit zwei Paketen französischer Karten zu zweiundfünfzig Blatt von mehreren Leuten gespielt. Die beiden spielenden Parteien waren der Bankier und bis zu vier Pointeure, die gegen den Bankier spielten. Jeder Pointeur erhielt vom Bankier dreizehn Karten einer Farbe. Der Mindesteinsatz wurde bestimmt, und der Pointeur legte seinen Einsatz auf die entsprechende Karte. Setzte er einen Betrag in Höhe der Bank aufs Spiel, sagte er „Vabanque"! Der Bankier zog nacheinander zwei Blätter vom Kartenpaket ab und legte sie offen auf den Tisch. Der Bankier gewann alle Einsätze der Spiele auf die Karten, die mit der zuerst gezogenen Karte übereinstimmten. Die Pointeure erhielten einen Gewinn in Höhe ihres Einsatzes. Das Spiel hatte einen wahren Siegeszug durch Europa angetreten. Erst hatte Goethe zusammen mit der Römerin Kasse gemacht, dann mit der anfragenden Mailänderin. Das Spiel ging munter hin und her. Mal gewann die Bank, mal gewannen die Pointeure.

Darf ich mal fragen, wie alt Sie sind, fragte Goethe die Mailänderin.

Zweiundzwanzig, sagte die Schöne und funkelte ihn an. Es entstand jetzt ein Art von Partnerschaft, wobei er in seiner Unschuld nicht bemerkte, dass sein Interesse an ihr rundherum nicht gefiel. Nach dem Spiel kam ein Gespräch in Gang. Er unterhielt sich nur mit der Römerin, während die Mailänderin ihn unverwandt fragend anschaute. Die Römerin hatte ihm auf dem Corso in Rom gleich gegenüber gewohnt. Ihm war seine Wohnung bei Tischbein erst viel zu laut gewesen. Dann aber hatte er gemerkt, dass man von den Vorderfenstern aus die Leute gut beobachten konnte. Und er hatte reichlich davon

Gebrauch gemacht. Diese mächtigen Häuserfronten wie auf dem Corso sollte es nur noch in London und Paris geben. Tischbein hatte ihn gezeichnet wie er aus dem Zimmerfenster nach draußen schaute. Von hinten. Seine Pantoffeln an den Füßen.

Hat Euch das Konzert am einundzwanzigsten Juli auch gefallen? fragte die Römerin, die mit ihrer Mutter in Rom oft vor der Tür gesessen hatte und ihn gegrüßt hatte.

Das Konzert ist Bury, dem Maler, zu verdanken, sagte Goethe, der die Sänger der Komischen Oper dahin gebracht hat, dass diese sich erboten hatten, in meiner Wohnung Musik zu machen und singen zu wollen. Alle aus der Gesellschaft waren da. Ein glänzendes Konzert, aufgeführt in der schönsten Sommernacht. Die Menschen sammelten sich an den Fenstern und beklatschten das Gehörte. Ein großer, mit einem Orchester von Musikfreunden besetzter Gesellschaftswagen hielt unter unserem Fenster, und eine Bassstimme trug von unten eine der beliebtesten Arien vor, von allen Instrumenten begleitet.

Schade, dass ich das Konzert nicht gehört habe, sagte die Mailänderin.

Jetzt haben wir endlich etwas Gemeinsames, dachte Goethe, ein Thema! – Das Konzert gibt Stoff zur ersten Unterhaltung. Sie spricht schön, wie sie sich im natürlichen Gespräch heiter gehen lässt. Und dann noch in einer edlen Mundart, die auch dem Natürlichsten, ja dem Gemeinen, einen gewissen Adel verleiht.

IHRE MUTTER witterte in Goethe schon einen neuen besseren Ehemann als den Versprochenen. Da er einmal mit ihrer Tochter in solche Teilnahme gekommen sei, zieme es sich nicht, noch mit einer anderen gleiche Verbindlichkeiten einzugehen, sagte sie. Er entschuldigte sich mit der Wendung, dass es in seinem Lande herkömmlich sei, dass man sich um alle Damen der Gesellschaft kümmere und ihnen Komplimente mache. Bei diesen Worten merkte er, dass ihn die Liebe zu der Mailänderin wie ein Blitz getroffen hatte, blitzschnell und eindringlich. Das Geschwätz machte seine Runde. Was Goethe sich einbilde. Dass der mit seinen achtunddreißig Jahren noch heirate, glaube doch keiner. Hier mischte sich Zucchi ein. Er habe noch später geheiratet. Und dazu eine solche Frau wie Angelica. – Goethe mache aber einen durchaus zurückhaltenden Eindruck, sagte eine andere Frau. Ein Draufgänger, der der Unschuld der Besagten gefährlich sei, sei er nicht. Er ist im Reich so berühmt wie der deutsche Kaiser, und im Weimar, einem kleinen Herzogtum, sei er sogar Minister und Günstling des Herzogs. – Ob das etwas mit seinem hiesigen Aufenthalt und seiner unangebrachten Werbung, ja, sie sagte Werbung, zu tun habe? Mann sei Mann, wenn es darum gehe, das Ehebett einzunehmen. – Der sehe so alt noch nicht aus, dass man's ihm gekocht habe, so eine andere. Außerdem sei die Frau vergeben. Das Ganze war eine Unverschämtheit. Das Geschwätz würde binnen zwei Tagen zum Bräutigam gehen. Und der würde sich so ein Benehmen seiner Zukünftigen nicht bieten lassen. Frauen wie sie, ohne richtige Bildung, gebe es in Rom und Umgebung wie Sand am Meer.

Abends ging die ganze Villenbesatzung in die Komödie. Das Geschrei der Leute, ihre Händel, Heftigkeiten, Gutmütigkeiten, Plattheiten, Witz, Humor und ungezwungene Manieren waren gut nachgeahmt. Der Pulcinell war die Hauptperson und drehte und wandte sich, schrie witzige Paradoxe heraus und schimpfte. Ab und zu stand Goldoni auf dem Plan. Dann wieder ein extemporiertes Stück in Masken, mit viel Naturell, Energie und Bravour aufgeführt. Mit unglaublicher Abwechslung unterhielt es mehr als drei Stunden. Das Volk war die Basis, auf der alles ruhte. Das Volk geht ins Theater und sieht und hört das Leben seines Tages. Künstlich zusammengestellt, mit Märchen durchgezogen und durch Masken von der Wirklichkeit abgerückt. Von Nacht zu Nacht war es immer dasselbe. Im Karneval wählen die Schauspieler sogar einen Pulchinellenkönig, sie krönen ihn, begleiten ihn mit Musik, geben ihm im Zepter in die Hand und führen ihn, wenn es in Rom stattfindet, den Corso hinauf.

Morgens war Goethe einen Augenblick mit Zucchi allein im Wandelgang.
Mögen Sie Maddalena?, fragte Zucchi. Er war der Mann Angelica Kauffmanns, war einundsechzig und vertrauenerweckend.

Ich weiß nicht, ob ich bei ihr in großer Gunst stehe? Es ist das Allernatürlichste, was sie hervorkehrt und was auch dem Gemeinen einen gewissen Adel verleiht.

Ihre Eigenschaften sind mir bekannt, sagte Zucchi.

Ich habe noch nie eine solch einschmeichelnde Art gesehen, erwiderte Goethe, von einem offenen und anfragenden Wesen. Ich weiß nur nicht, warum die Mutter ihrer Freundin so zurückhaltend gegen mich ist. Ich bin ja gar keine Verbindlichkeiten eingegangen. In unserem Land macht man in Gesellschaft jeder hübschen Frau ein Kompliment!

Sie haben sich dienstlich und höflich erwiesen, sagte Zucchi.

Meine Neigung für Maddalena hat sich schon entschieden, blitzschnell und eindringlich genug, wie es einem müßigen Herzen zu gehen pflegt.

Erstaunlich, sagte Zucchi.

Wenn das Wünschenswerte unmittelbar nahe kommt, übersieht man in solchen Augenblicken die Gefahr nicht, die aus diesen schmeichelhaften Zügen droht. Es würde mich wundern, wenn sich bei meinem vollkommenen Müßiggang hier nicht die entschiedensten Wahlverwandtschaften hervortun sollten.

Die artistischen Wanderungen ins Gebirge tun ein Übriges, sagte Zucchi.

Ich muss sie noch einmal sehen, ehe der Schwall der Gesellschaft sich hereindrängt, sagte Goethe, obwohl uns die Albaner Berge die schönsten Genüsse und Belehrungen zeigen. Morgen in der Früh werde ich einmal allein hinauf gehen, um ein paar Pilze zu finden.

Das Gespräch hatte ihn stärker berührt, als er vor sich zugeben wollte. Ebenso die Begegnung mit der Fremden. Sie mochte vielleicht zweiundzwanzig Jahre alt sein. In der Nacht träumte er, er sei mit Jenkins in einem Bordell. Er hatte Angst, die Mädchen dort sähen ihm seine zeitweilige Impotenz an. Aber sie rasierten ihm nur die Brusthaare ab. Danach durfte er wieder hinaus. Jenkins blieb drin. Die sechzehn Tage in Castel Gandolfo würde er nie vergessen! – Das Leben hier, wie in einem großen Kurbad! – Menschen, die eigentlich nichts miteinander gemein hatten, kamen sich hier näher. Er hatte in seinem Leben nie viel Zeit für sich gehabt, aber mit so vielen Menschen auf einmal war er noch nie, weder in Weimar noch in Rom, zusammen gewesen. Angelica Kauffmann, über zehn Jahre älter als er und von einem unglaublich weiblichen Malertalent, hatte seine Landschaftsskizzen, die er hier gemacht hatte, gelobt und gesagt, er könne es darin noch weit bringen. Er hatte ihr am Abend noch gezeigt, was er in den vergangenen Wochen skizziert hatte. Seine Zeichnungen hatten etwas Dahingehuschtes, Wattiges. Sie blieben im Unbestimmten. So schaumig und doch realitätsnah. Er hatte in Frascati eine Häusergruppe auf einem Hügel gezeichnet. So verschwommen und unheimlich wie sein Erlkönig. Die Häuser lagen im

Nebel. Die Korkeichen wanden sich zwischen den Häusern. Alles überhöht auf einem Berg. Das Ganze sah eher wie eine Raubritterburg aus. Die Sprache überhaupt bildete ja auch nicht genau ab, sie blieb, trotz genauer Versuche, immer im Ungefähren. Er hatte ihr auch seine Feder- und Aquarellkomposition der Brücke über den Ania gezeigt. Im Hintergrund Vulkanberge im zarten Graublau. Der Fluss verlor sich im Vordergrund, und weiter hinten war von ihm auch nichts mehr zu sehen. Ein kleines Wehr unter der Brücke hemmte den Fluss. Die beiden Ufer schön geschlungen, von Korkeichen gesäumt. Links ein flaches, rechts ein hohes Ufer. Angelica war begeistert. So etwas hätte ich nicht gekonnt, sagte sie. Besonders die gedämpfte Farbgebung mochte sie, wie überhaupt aquarellierte Zeichnungen. Er hatte viel dieser weitläufigen Hügellandschaften aquarelliert, die eigentlich geschwungene Ebenen waren. Der große, stark belaubte Baum in der Mitte verdarb die ganze Komposition. Alle seine wattigen Bilder, so ehrgeizig sie sein mochten, hatten etwas Dilettantisches, aber auch Eigentümliches, wie nur er es hervorbringen konnte. Angelica hatte seinen Werther studiert, sie hatte auch eine italienische Übersetzung in die Hand bekommen. Seine Carlotta, in die Werther so verliebt gewesen war, interessierte sie. Gut hatte ihr das Blatt gefallen, das den Blick von den Monte Rossi des Ätna zeigte. Sie war noch nie in Sizilien gewesen, und die feurigen Schlünde, wieder ganz verhalten gezeichnet, passten zu ihrer Stimmung. Ein Kastell am Meer hatte sie auch begeistert. Das Bild war fast leer, das Kastell eng an die linke Seite gerückt, auf einem durch Serpentinen zugänglichen Berg. Das Meer, es war wohl Ebbe, kaum zu erkennen. Alles in den bläulich-gelben Farbtönen gehalten, die er so mochte. – Am besten gefiel ihr eine italienische Küstenlandschaft bei Vollmond. Die war romantisch. Die Küste, die das Meer auf dem Bild umspannte, mit einer Ruine im Hintergrund und der Vollmond, der sich bis tief im Wasser spiegelte. Dämmerung und Ruinen, das waren seine Sujets. Viele seiner Landschaftsbilder hatte er einfach nach Lust und Laune komponiert, ohne auf die Wirklichkeit zu achten. Auch wieder wattig und verschwommen, so dass man gar nicht erkennen konnte, was er eigentlich darstellen wollte. Aber „schön" waren die Bilder trotzdem geworden. Einmal hatte er ihr ein Blatt gegeben, das eine Terrassentreppe vor pflaumigen Wolken zeigte. Ganz unten auf der Eingangsmauer hatte eine große Sphinx geruht. Das Rätsel, von dem sie durch Zucchi gehört hatte, würde er sicher auch noch lösen.

AM NÄCHSTEN Morgen frühstückten sie in einer Art großem Refektorium, und der Zufall wollte, dass er die beiden Freundinnen alleine antraf. Da vermehrte sich das Übergewicht auf die Seite der Mailänderin. Sie hatte den Vorzug, dass in ihren Äußerungen etwas Strebsames lag. Solche jungen Frauen, die nach Wissen trachteten und die er leicht belehren konnte, hatte er schon immer gemocht. Sie beklagte sich bei ihm über allzu ängstliche Erziehung. Man lehrt uns nicht schreiben, sagte sie, weil man befürchtet, wir könnten unsere Kenntnisse zu Liebesbriefen benutzen. Wenn wir nicht ins Gebetbuch schauen müssten, würde man uns auch nicht lesen lassen!

Wie? – Sie können nicht schreiben?, fragte Goethe.

Er hatte die Klagen einer selbstbewussten Frau auch von Frau von Stein zu hören bekommen, die oft von „nicht genug Achtung gegenüber unserem Geschlecht" gesprochen hatte. Die Männer wollten „das von der Natur Geduckte noch mehr ducken". Solche Sätze gefielen ihm, denn ähnliche hatte er von seiner allzu früh verstorbenen Schwester Cornelia gehört, die mindestens genauso begabt war wie er und nach Abschluss ihrer Erziehung in eine Ehe gestoßen wurde. Ich gäbe alles daran, Englisch zu können, fuhr die Mailänderin fort. Alle auf der Villeggiatur sprechen diese Sprache miteinander, wenn wir Italienerinnen nichts verstehen sollen! – Dabei griff sie nach einer der riesenlangen englischen Zeitungen, die ausgebreitet auf den Tisch lagen. Die Erwähnung des Englischen spülte bei ihm die Erinnerung an Lenz hoch. Der war damals mit Charlotte für sechs Wochen nach Kochberg gereist, um ihr, an seiner Stelle, dort Englischunterricht zu geben, am zehnten September 1776. Das lag jetzt elf Jahre zurück, war aber immer noch da. „Sie haben eine Art zu peinigen wie das Schicksal, man kann sich darüber beklagen, wie weh es tut. Er soll sie sehen, und die zerstörte Seele soll in ihrer Gegenwart die Balsamtropfen einschlürfen, um die ich alles beneide."

Englisch, das war mit der frühen Kindheit und der Eifersucht gegenüber Charlotte verbunden. Lenz war damals der Stärkere gewesen. Aber er hatte Geduld bewiesen und ihn aus Weimar vertrieben. Er musste hier in Castel Gandolfo auf der Hut sein und keine Gefühle preisgeben. Eigentlich war es lächerlich, in Erinnerungen zu graben. Aber er war sich selbst gegenüber immer ehrlich gewesen. Aber auch diese Ehrlichkeit konnte von Moment zu Moment eine andere sein! Gefühle konnten am Horizont verschwinden. Und es gab so viele Worte dafür, dass man sich auch vor der Ehrlichkeit vorsehen musste. Ihm schwindelte ein wenig vor der Wärme, die von Maddalena Riggi ausging. Er durfte sich nur nicht schon wieder verstricken, wie in Rom bei Faustina. Aber das war damals nur körperlich gewesen.

Er hatte einen schwachen Eisengeschmack im Mund und war nicht völlig zufrieden mit sich selbst. Er hatte Schuldgefühle. Jetzt schon! – Dass aus der

Sache nichts Endgültiges werden konnte, wusste er. Es war die Frage eines Moments. Er sollte also wieder, nach gut elf Jahren, einer jungen Frau das Englische beibringen. Ihm schoss durch den Kopf, wen er in seinem Leben schon alles belehrt hatte … und wer ihn belehrt hatte! Der Frau von Stein auf ihrem Wasserschloss in Kochberg das Englische beigebracht, bis Lenz dazwischengeriet. Noch früher: Seine Schwester Cornelia in der Schreibschule und in seinen Briefen aus Leipzig. Er war damals ein kleiner Angeber gewesen. Noch früher: labores juveniles, da war er von seinem Vater und von seinen Schreiblehrern Albrecht und Thym belehrt worden. Aber er hatte alles an seine Schwester weitergegeben. Er war noch keine sechs Jahre alt, da hatte er in schöner lateinischer Schrift nachgeschrieben, was ihm sein Vater, der sein bester Lehrer gewesen war, vorgegeben hatte. Alle seine Schreibübungen waren mit den Jahren unterbrochen worden vom dauernden Tod und Geburt seiner Geschwister. Der letzte war Georg Adolf gewesen, kurz nachdem sein Bruder Hermann Jakob an einer Krankheit, die er sich bei den französischen Besatzern geholt hatte, gestorben war. Und seine Schwester hatte von ihrem jungen Freund, dem Engländer Harry Lupton, die ganze Liebe zur englischen Sprache und Nation eingesogen. Das Englische blieb eine Spezialität der Familie neben dem Italienischen, bis ins hohe Alter. Der Lehrer Schade hatte ihm das Englische beigebracht, dann Lupton, der junge Engländer aus Pfeils

Pension, unmittelbar neben seinem Vaterhaus. Seine Schwester Cornelia hatte sich zudem noch in Lupton verliebt. Der englische Einfluss hatte nach und nach an Macht gewonnen und war immer mehr in das Gefühlsleben des jungen Dichters eingedrungen. Wie es auch die Gemüter der Freunde und Freundinnen in Frankfurt ergriff. Englisch, das was ganz Seines. Erst viel später sollte er sich über die Bedeutung des Englischen für seine geistige Entwicklung klarwerden. – Er hat später erzählt, er habe in natürlichem Drang die Grammatik übersprungen. Das wurde von den Zeitgenossen angezweifelt, stimmt aber wahrscheinlich, angesichts der Methode, die er bei Maddalena anwendete. Oder hatte er es erst so bei Frau von Stein versucht?

Den starken pädagogischen Zug hatte er vom Vater ererbt. So eine Schulung war ein verkleinertes Bild des öffentlichen Lebens. Gleichzeitig mit dem Aufmerken auf sie, begann er an die Abwehr einer zu engen Beziehung mit ihr zu denken. Er hatte sich Zeit seines Lebens abgeschirmt, durch Geheimnis, Verstellung, Scheinbeziehungen und Lügen, weil ihn alles bedrohte. Er hatte seine Gefühle allen möglichen Leuten gegenüber offenbekannt, sein Selbst aber immer unter Verschluss gehalten und den anderen ein Scheinselbst angeboten. Er wollte sein inneres Gleichgewicht nicht erschüttern lassen. Durch intensive Liebe hatte er sich immer bedroht gefühlt. Nur die fischkalte von Stein hatte ihn halten können. Aber ihren seelendurchdringenden Blick hatte er auch schlecht verkraftet. Übrigens hatte die Mailänderin die Römerin mitgebracht, und nicht umgekehrt, denn sie war die Schwester von Carlo Ambrogio Riggi, und der war der Geschäftsführer des reichen englischen Kunsthändlers Thomas Jenkins. Er hatte es in der Eile der Niederschrift der italienischen Reise übersehen.

ENGLISCH LÄSST sich leicht begreifen, sagte er, und lässt sich auch leicht lernen. Dazu muss man nicht unbedingt schreiben können. Machen wir gleich einen Versuch, fuhr er fort, indem er eine der englischen Zeitungen nahm, die fast in jedem Land auf dem Frühstückstisch lagen. Er blickte hinein und fand einen Artikel, der eine tiefe, symbolische Geschichte enthielt, die zu ihrer flüchtigen Beziehung passte. Ein Mädchen war, weil es sich zwischen zwei Liebhabern nicht entscheiden konnte, in die Themse gesprungen … oder gefallen. Einer von den zwei Männern, man erfuhr nicht, ob es der Begünstigte oder der Verschmähte war, hatte sie herausgezogen und gerettet. Goethe wies Maddalena auf die Stelle hin und bat, aufmerksam darauf hinzuschauen. So arbeiteten auf der Piazza del Populo auch die Hypnotiseure. Maddalena sah ihre schönsten Hoffnungen bestätigt. Ein schöner Mann, dazu noch fremd, der ihre Sprache fließend sprach und ihren Bildungshunger zu befriedigen versprach. Sie war vollkommen weg. Er nutzte die Chance und übersetzte erst die Substantive, die sie auch sofort im Kopf behielt. – Dann kamen die Verben, die den Text in Bewegung hielten, und die Adjektive. Er hielt sich daran gar nicht lange auf und prüfte, ob sie alles verstanden hatte. Plötzlich überschaute sie die ganze Textstelle und sprach sie ihm auf Italienisch vor. Es war sicherlich nicht ohne seine Aura gegangen, die sie bei der Textfindung so stark beeinflusste.

Was sagen Sie jetzt?, fragte er, als sie den Text heruntergespult hatte.

Was das jetzt einmalig oder geht es weiter, fragte ihr Blick. Sie konnte sich kaum fassen und sah ihn sprachlos und verliebt an. Es gab ein kleines italienisches Volkslied, in dem alle Wünsche wahr wurden. Sie würde es heute Abend auswendig lernen. Die Erfüllung ihres sehnlichsten Wunsches war so nahe und schon versuchsweise erreicht. Sie wirkte so verwirrt wie Gretchen, als damals Faust an ihr vorbeispazierte.

Die Gesellschaft war größer geworden, und auch Angelica Kauffmann war zu den Gästen gestoßen. Man setzte sich zu Tisch. Goethe saß vorne rechts. Maddalena hatte sich unter die Tischgäste gemischt und stand ihm gegenüber. Dann ging sie um den Tisch herum und setzte sich neben ihn. Dieser Platzwechsel erregte einiges Aufsehen. Er erkannte, dass hier etwas vorgegangen sein müsse, was ihn zahm, gefangen und überrascht machte. Er beherrschte sich zwar gut, wurde aber noch verlegener als die Umsitzenden und versuchte seine gesellschaftliche Aufmerksamkeit auf alle in seiner Nähe Sitzenden zu verteilen. Maddalena saß nun neben ihm, wie von einem aufgehenden Licht geblendet, und sie schien sich immer noch in der neu erlernten Sprache zu ergehen. Er merkte, dass er sie mitten ins Herz getroffen hatte, wie Friederike, Lilli oder Frau von Stein. Alle diese Frauen hatte er mit Verve, Konzentration und Suggestion überwältigt, ihm an Menschenkenntnis, Bildung und Lebens- und Liebeserfahrung weit unterlegen. Die Mahlzeit zog sich hin bis in den späten Nachmittag. Gegen Abend suchte er die beiden Freundinnen, fand aber nur ihre Mütter in einem Pavillon, von dem aus man einen herrlichen Ausblick in die Landschaft der Albaner Berge hatte. Kein Maler hätte diese Stimmung angemessen wiedergeben können, weder in Aquarell noch in Öl. Die beiden Mütter mit ihren Nachbarinnen setzten sich zu ihm ans Fenster und fingen an zu schwatzen. Es war von der Ausstattung einer Braut die Rede, einem scheinbar unerschöpflichen Thema. Stoffe, Haushaltsgeräte, Kleider, Möbelstücke wurden durchgemustert, alles noch Geheimnis für die Braut, von der er gar nicht wusste, wer sie war. Auch den Bräutigam kannte er nicht, den man auf ziemlich üble Weise beklatschte. Man zählte alle seine Fehler auf, scheinbar um ihm Gelegenheit zu geben, dass diese durch Anmut und den Verstand seiner künftigen Frau zu bessern und zu beheben seien. Jetzt musste er doch einmal fragen, wer denn die Braut war. Nun erst fiel ihm ein, dass er ein Fremder und kein Hausgenosse war, und sie nannten ihm den Namen. Maddalena Riggi.

Die Sonne verschwand im Meer, und er suchte einen Vorwand, sich aus der Gesellschaft zu stehlen, die ihn auf solch grausame Weise belehrt hatte. Er wusste, dass Neigungen, denen man eine Zeitlang unbewusst und unvorsichtig nachgegeben hatte, sich in die schmerzlichsten Zustände wandeln konnten. Das gegenseitige Wohlwollen war im Augenblick des Keimens zerstört worden. Nur, Maddalena wusste nichts von seiner Erfahrung. Man konnte auch überhaupt nicht sagen, ob sie sich darüber klar war, dass sie eigentlich gebunden war, als sie sich so an Goethe heranschob. Für diesen war das eine seiner schwersten Krisen seit dem Abschied von Frau von Stein, die Sängerin Corona Schröter mit eingerechnet. Die inneren Systeme eines Menschen nehmen die Systeme des Anderen besser wahr als das Bewusstsein. Goethe wusste nicht, was er und Maddalena nicht, was sie angerichtet hatte.

Die inneren Konflikte Goethes glichen zum Teil den ihren. Goethe war innerlich noch an Frau von Stein gebunden, Maddalena an ihren Verlobten. Neben der sexuellen Anziehung stellen diese Vorgänge das eigentliche Grundelement der Paarbildung dar. Ein Erfolg setzt allerdings voraus, dass mindestens einer der Partner ernsthaft mitspielt.

Goethe stellte in diesem Moment das Ich-Ideal Maddalenas dar. Sie, als einfache, nicht gemeine, aber strebsame junge Frau, das seine. Gegenseitige „Heilung durch Liebe" hätte glücken können, wenn die Mütter und Nachbarinnen nicht so indiskret gewesen wären. Oder vielleicht war es sogar deren Absicht. Was die Partnerwahl leitet, ist die Hoffnung, durch den anderen von Konflikten entlastet oder befreit zu werden. Diese Hoffnung ist der Kernpunkt der gegenseitigen Anziehung. Meistens geht damit auch eine Auflösung bisheriger Beziehungen zu Dritten einher. So war es auch bei Maddalena.

Das Geschwätz würde rasch die Runde machen und wird wohl schnell zu Maddalenas Verlobten gelangt sein. Das ist so gut wie sicher, obwohl Goethe später abstreitet, dass „jene Villeggiatur", etwas mit dem Scheitern von Maddalenas Beziehung zu ihrem Verlobten zu tun hatte. Goethes Impuls hätte ja bei Maddalena kein Echo zu finden brauchen, und umgekehrt auch nicht. Goethe war aber schon genügend in die Gesellschaft integriert, um zu wissen, dass impulsive Zuneigung wirksam bekämpft werden kann. Er wollte nicht enden wie sein Werther.

ER WAR hier Ausländer und hatte sich in eine italienische Geschichte eingemischt! – Ziemlich dreist und ziemlich geschickt! Maddalena! – Sie war vor sieben Jahren nach Rom gekommen. Das hatte er am Vortag erfahren. – Rom! Er hatte es fast ein halbes Jahr hinter sich gelassen und war erst vor kurzem hierhin zurückgekehrt. Es ließ sich dort gut leben in der deutschen Künstlerkolonie. Die ersten vier Monate war er fast ununterbrochen mit der Besichtigung von Altertümern beschäftigt gewesen, die Vormittage mit der Überarbeitung der Iphigenie. Schon damals hatte er nach einer solchen Frau wie Maddalena gedürstet. – Immer nur von Männern umgeben oder von Angelica Kauffmann, die war vier Jahre älter als die Stein. Tischbein hatte ihn in den ersten Wochen als Führer begleitet, aber der musste Geld verdienen … und malen. Aber einen anderen Maler hatte er kennengelernt, Johann Heinrich Meyer aus der Schweiz, den er mit nach Weimar nehmen würde und der sein lebenslanger Freund bleiben sollte. Geistreich konnte er nur in Gegenwart Angelica Kauffmanns sein. In ihrem Haus und dem ihres zwanzig Jahre älteren Gatten Antonio Zucchi, war er ein gern gesehener Gast.

Einmal machte er einen Ausflug ans Meer und kaufte ein Netz voller Fische. Darin ein Zitteraal, der elektrische Schläge verteilte. Die Marmor- und Bronzestücke, die er sammelte, vergaß er bei seiner Abreise teilweise. Und der weiße Frauenkopf, den er für den Abguss einer Juno-Büste hielt, war der Kopf der Kaiserin Antonia Augusta. Die Post ging einmal wöchentlich ab und brauchte sechzehn Tage bis Weimar. Gott sei Dank lernte er einen Schriftsteller kennen, dem er sich verwandt fühlte, Carl Philipp Moritz. Als der sich bei einem Sturz vom Pferd den Oberarm brach, organisierte er unter den römischen Künstlern eine vierzigtägige Nachtwache für ihn. Die alten Zeugnisse der Römer und der Renaissance gefielen ihm, wie die gesamte Antike. Aber er bedauerte den schädlichen Einfluss des Christentums. Noch in der Antike waren Kunst und Natur zu einem zusammengeflossen. Er betrieb hier in Rom, das Studium der Kunstgeschichte, das er in Leipzig versäumt hatte. Er wusste aber nicht, dass ihn die Wiener Hofkanzlei bespitzelte. Und dass Tischbein, mit dem er zusammenlebte, ein Spitzel des Vatikans war. Das war also Rom gewesen, dem er seit seiner Rückkehr aus Sizilien wieder angehörte und wovor es ihn zu dieser schönen, aber doch unheiligen Villeggiatur getrieben hatte. Angelica, Reiffenstein, Jenkins hatten ihn dazu bewogen und auch seine Neugier nach den Albaner Bergen.

Er lenkte sich hier ein wenig ab, indem er Herders Ideen zur Geschichte der Philosophie der Menschheit durchlas. Herder hatte sie ihm eilig mit der reitenden Post geschickt. Herder schrieb zwar etwas pathetisch, aber seine Gedanken waren gut und klar. Was er las, hatte auch mit Maddalena Riggi zu tun. Was war der Mensch ohne Liebe? – Von Geburt war er nichts, sagte Herder. Das meiste bewirkte die Umwelt. Er hatte es ja an Moritz sehen können, der mindestens genauso begabt war wie er und der trotz seines Anton Reiser nicht weiterkam. Die Sprache bewirkte alles, die Ausfluss der Besonnenheit des Menschen war. Sprache war Leitung und Führung unseres Verstandes durch die Vernunft. Vernunft war nichts anderes als etwas Vernommenes, eine gelernte Proportion und Richtung der Ideen und Kräfte, zu welcher der Mensch geboren wurde. Der Mensch hatte die Chance, sich zu entscheiden, anders als das Tier. Die Entscheidung, in Unfreiheit zu leben, ist seine Entscheidung. Wenn der Mensch auch von Geburt aus keine Vernunft hat, so kann er sie doch bilden und zur Freiheit gelangen. So wenig ist der Mensch im Gebrauch seiner Kräfte ein Selbstgeborener. Auch seines, Goethes Gehirn ist in der kindlichen Phase verändert und geprägt worden. Hauptsächlich durch den Vater, aber ebenfalls durch seine Schwester.

Die Lektüre Herders half ihm aus der Krise mit Maddalena heraus. Was war mit Menschen, deren Anlagen nicht ausgebildet worden waren? – Darüber wollte er nicht nachdenken. Er sah nur die vielen verwahrlosten Kinder auf den Straßen Roms. Die Geschichte der Menschheit war eine Kette der Geselligkeit und der bildenden Tradition vom ersten bis zum letzten gewesen. So wurden Völker zuletzt Familien. Kultur war ein psychologischer Prozess. Das hatte er erst hier, in Rom, gelernt. – Ohne Kultur kann der Mensch nicht leben. Aber wie viele gab es, die es dennoch taten. Das alles sagte Herder! – Und stimmte er ihm zu? Natürlich! Er dachte ja genauso. Er würde Herder sofort schreiben, wie sehr ihn seine Thesen überzeugt hatten und dass sie im eigentlichen Sinn seine eigenen waren. Alle Kulturen waren in ihrer Wertigkeit gleich. Das hatte er hier in Italien schnell gelernt. Der Mensch wurde geschaffen, um nach Humanität zu streben. Auch das stimmte. Der Mensch strebte nach zunehmender Selbstvervollkommnung. Er beschloss, Maddalena von nun an nicht mehr als junges Mädchen, sondern als gebundene Frau anzusehen. Das half ihm ein bisschen. Aber diese neue Sicht geschah nur in seinem Inneren. Was er tat, würde davon nicht berührt. Er wendete sich der inzwischen stark vernachlässigten Landschaft zu und versuchte sie auf dem Zeichenpapier abzubilden. Ihm fehlte die technische, zeichnerische Ausbildung, aber die Fülle der Körperlichkeit, die ihn umgab, riss ihn mit. Und der Schmerz des Abschieds von Maddalena schärfte seinen inneren Sinn für das Zeichnen. In Gesellschaft war er vollkommen beherrscht und sich selbst hingegeben. Sein Betragen fand bei allen, die seine Gründe kannten, Anerkennung. Aber geredet wurde über den Zwischenfall doch.

ER WÜRDE jetzt eine lange Wanderung in die Albaner Berge machen und einen Sack mit Pilzen mitbringen. Nicht um die Gesellschaft zu vergiften, sondern um zu zeigen, dass seine Selbstvervollkommnung ihn auch die Krise mit Maddalena Riggi hatte überwinden lassen. Er suchte die steilsten Höhen und die tiefsten Wälder auf. Von Pilzen verstand er etwas, wie überhaupt von allem. Trüffel aus Alba waren weltbekannt. Wenn er die finden könnte! – Er kam in ein kleines Waldstück und fand Steinpilze, Porchini. Familie der Röhrlinge. Der Herbst jetzt war die richtig Saison. – Je frischer, desto leckerer. Auch Champignons, vielseitig einsetzbar. Man konnte sie roh in Salaten verarbeiten. Wie alle Pilzarten sollte man sie nicht waschen, sondern nur abbürsten. Pfifferlinge, je kleiner, desto mehr Geschmack. Es gab sie ja jetzt im Herbst. Am besten zum Risotto oder Wildgerichten und zum Verfeinern der Soßen. Dann sah er die dunkelbraunen Hüte der Steinpilze. Einer mindestens einen halben Fuß groß. Aber auch hier waren die kleinen schmackhafter. Er hatte sie in Frankfurt schon selbst mit seiner Mutter und der Köchin zubereitet. Abreiben mit der Bürste und einem Handtuch. Druckstellen herausschneiden. Man konnte sie auch einmachen, wie seine Mutter es tat, aber das schmeckte ihm nicht. So kam er also mit einem Säckchen voller Pilze in der Villa Torlonia an und übergab sie dem Koch. Nicht ohne darauf hinzuweisen, dass er etwas von Schwämmen verstehe und dass der den Hausherrn über die fremde, aber begehrte Speise informieren solle.

Am Abend waren sie auf dem Tisch. Er war wieder in die Gesellschaft integriert und vermied die Mailänderin ohne jede Affektation. Seine wohlempfundene Höflichkeit wurde gut aufgenommen. Sein Betragen gefiel. Aber er merkte doch, dass Herr Jenkins, der Gastgeber, ihn merkwürdig ansah, als die Pilze aufgetragen wurden. Sie schmeckten ganz herrlich, und als zu seinen Ehren verraten wurde, dass er sie aus der Wildnis mitgebracht hatte, ergrimmte der englische Wirt so, dass man es ihm ansah. Aber er sagte nichts und flüsterte nur mit Reiffenstein. Maddalena, die ihm schräg gegenüber saß, hatte reichlich von den Schwämmen genossen, als sie erfuhr, dass sie von dem Tedesco waren. – Die Tafel wurde aufgehoben, und hinterher eröffnete ihm Rat Reiffenstein diplomatisch, es zieme sich nicht, den Hausherrn an seiner eigenen Tafel mit einer so zweideutigen Speise zu überraschen, von der er keine eindeutige Rechenschaft geben könne. Goethe erwiderte, er habe geglaubt, der Koch würde den Hausherrn informieren, und wenn ihn nochmal der gleichen Edulien unterwegs in die Hände kämen, er sie ihm selbst zur Prüfung und Genehmigung vorlegen würde. Der Verdruss war daher entsprungen, dass diese überhaupt zweideutige Speise ohne gehörige Untersuchung von außen auf die Tafel gekommen war. Der Koch aber entschuldigte Goethe. Dergleichen sei, zwar nicht oft, aber immer als besondere Rarität in dieser Jahreszeit vorgesetzt worden. Hatte er die Gesellschaft, und womöglich die schöne Mailänderin mit, vergiften wollen? Er war ja selbst von einem ungeheuer eigenartigen Gift angesteckt worden. Und vielleicht hatte er es auf die ganze Gesellschaft übertragen wollen. Sah denn keiner, wie schön Maddalena war? – Er behandelte sie jetzt mit einer Art von Ehrfurcht. Und sie merkte schnell, dass er herausbekommen hatte, dass sie gebunden war. Aber er wäre immer noch der bessere Mann für ihren Ehrgeiz und ihren Wissensdurst gewesen. Außerdem sah er männlicher aus als der Versprochene. Wenn der nur nicht, durch ein paar blöde Indiskretionen, von dem Zwischenfall Wind bekam. Wie die Dinge jetzt standen, konnte sie jetzt eigentlich mit Goethes Benehmen vollkommen zufrieden sein.

Inzwischen waren Briefe aus Deutschland eingetroffen. Die Weimarer, besonders die Herzogin Mutter Anna Amalia, wünschte, mit einem ganzen Tross, ihm nach Italien nachzureisen. Sie wollten über die Alpen gehen und ihn in Rom treffen. Er riet ihnen, den Winter vorübergehen zu lassen und in der mittleren Jahreszeit nach Rom zu gehen, um zu genießen, was die alte Weltstadt und ihre Umgebung zu bieten hatte. Der umsichtige Rat diente aber eigentlich nur ihm selbst. Er hatte keine Lust, der Weimarer Herzogin seinen Zustand, in den er hier in Italien geraten war, zu erklären oder zu vermitteln. Er hatte jetzt über ein Jahr unter fremden Menschen gelebt, und ein geschlossener heimatlicher Kreis hätte ihn in die wunderlichste Lage versetzt. Er lebte in einem Mittelzustand, in dem man sich weder dem Schmerz noch der Freude vollkommen hingeben konnte. Seine Art, die Dinge zu sehen, konnte nicht die der Weimarer Herrschaften sein. Aus Deutschland kommende Reisende waren ihm schon immer beschwerlich gewesen. Sie konnten gar nicht erkennen, was in ihm vorging. Er vermied fremde Deutsche, wo er nur konnte. Selbst so nah verbundene Personen hätten ihn durch ihr Irren und ihre Halbwahrheiten nur gestört. Er selbst hatte in Rom den ganzen Sinn ändern und von vorne anfangen müssen. Er wusste, dass er Wilhelm Meisters theatralische Sendung völlig überarbeiten, wenn nicht von neuem beginnen musste, wenn es ein Kunstwerk werden sollte. Auch Meyer, dem er sein Manuskript gezeigt hatte, hatte ihm dazu geraten. Das war der beste Kunstsachverständige, den er je erlebt hatte. Er würde ihn als seinen künstlerischen Ratgeber mit nach Weimar nehmen.

ZWEI MONATE später, im Dezember 1787, erfuhr er, dass Maddalenas Bräutigam sich von ihr getrennt hatte. Er hatte allerlei Vorwände gesucht, Goethes Englischlektion und das Gerede darüber aber mit keinem Wort erwähnt. Er hatte, geschickt, die zwei Monate abgewartet, damit die Nähe zu diesem Ereignis nicht offenkundig wurde. Vielleicht hatte er den eigentlichen Grund sogar vor sich selbst verborgen. Nein, er wollte keine Frau, die Englisch konnte, nicht einmal eine, die des Schreibens mächtig war. Er wollte ein zahmes, intelligentes Haustier, das ihm die Arbeit abnahm und ihm Kinder gebären konnte. Noch am selben Tag, an dem er ihr seine Entscheidung mitgeteilt hatte, bekam sie die Influenza. Oder, wie man damals sagte, ein hitziges Fieber, das für ihr Leben fürchten ließ. Goethe vernahm das in Rom, in zwanzig Meilen Entfernung. Er würde einen Schuldkomplex bekommen. Er erkundigte sich jeden Tag nach ihrem Wohlergehen. Aber er hörte nichts Gutes. Das einzige Gute war, dass sich Angelica um sie kümmerte. Tag und Nacht. Er knüpfte ein paar selbstmitleidige Reflexionen an die Geschichte, dann ließ er sie an seinem inneren System vorbeipassieren. So war es ihm schon mit einigen Frauen gegangen, Friederike, Lilli und Frau von Stein waren die bekanntesten. Er rationalisierte alle unfrohen Gefühle damit, dass seine Einbildungskraft etwas Unmögliches hervorzubringen bemüht war. Bei aller Selbstprüfung erkannte er nicht, was er angerichtet hatte. Er schrieb nur, dass es ihm unangenehm sei, eine so frische Jugend durch inneres und äußeres Leiden sich so frühzeitig blass und schmächtig zu denken.

Mit diesem Satz endet die zweite Phase, der, jetzt Fernbeziehung, zu Maddalena Riggi. Er wusste, dass sie sich vorwarf, sich allzu schnell mit dem Fremden auf eine, wie auch immer geartete Beziehung, eingelassen zu haben und dadurch die einzige Sicherheit, die es für eine Frau wie sie gab, verspielt zu haben. Seine Ehrlichkeit über die ganze Geschichte in der italienischen Reise war eine ästhetische und vielleicht sogar oberflächliche Ehrlichkeit. Er vergoss ein paar Krokodilstränen und vergaß die Sache schnell, weil der römische Karneval herankam. Der Karneval zog ihn an. Er hatte vor, ein Buch darüber zu schreiben und studierte ihn auf das Genaueste. Er war in Rom in die Gesellschaft der Arkadier aufgenommen worden und vergab sich nichts, wenn er als Beobachter in das närrische Treiben eintauchte. Er kam aus dem protestantischen Frankfurt, war in Leipzig, Straßburg, Wetzlar gewesen und schließlich nach Weimar gelangt. Aber so etwas hatte er noch nicht gesehen. Eigentlich konnte man den römischen Karneval gar nicht beschreiben, denn ein so sinnliches, lebendiges Geschehen musste sich vor den Augen des Betrachters bewegen und nicht in Buchstaben, Wörtern und Sätzen. Jeder musste es nach seiner Art anschauen. Erfreulich war das Treiben nicht, weder für sein Auge, noch für sein Gemüt. Die Bewegung der Masse ist einförmig, der Lärm betäubend. Das

Volk gab sich dieses Fest selbst. Die Polizei regierte mit milder Hand. Jeder durfte so töricht und toll sein wie er wollte, und außer Schlägen und Messerstichen war alles erlaubt. Die Klassenunterschiede waren aufgehoben. Frechheit und Freiheit hielten die gute Laune im Gleichgewicht. Eigentlich waren es antike Saturnalien.

Das Ganze begann auf dem Corso mit einem Pferderennen ohne Reiter. Der Corso geht von der Piazza del Populo schnurgerade bis an den Venezianischen Palast. Er ist ungefähr viertausend Schritt lang. An beiden Seiten sind Pflastererhöhungen für die Fußgänger. Die Straße ist nicht besonders breit, höchstens drei Kutschen kommen aneinander vorbei. Das wissen die Kutscher, und so ziehen ihre Kaleschen in der besten Ordnung aneinander vorbei. Erst in der Nacht wird aus dieser Ordnung ein Tohuwabohu. Viele Fußgänger kommen in den Corso, um zu sehen und gesehen zu werden und zu schauen, wie sich das Ereignis, nichts Fremdes, nichts Einziges, an die eigentliche, römische Lebensweise ganz anschließt. Es scheint in Rom das ganze Jahr Karneval zu sein. Jeder Karnevalsabend schließt mit einem Wettrennen unbemannter Pferde, die hier Berber genannt werden. Auf der Piazza del Populo, unmittelbar vor dem Corso, drängten sich die Leute, zum Teil verkleidet, zum Teil auch nicht.

Ein Händler bot Limonen an und wog sie für den Käufer, der daran roch, ehe er sie nahm. Er balancierte die große Waage in der Hand. Ein kleiner Junge, gekleidet wie ein Erwachsener, sah ihm dabei zu. Nebenbei prügelte jemand auf eine gestürzte Frau ein. Man wusste nicht, ob die Reiter, die sich auch unters Volk gemischt hatten, auf die Leute oder auf die Pferde eindroschen. Ein Mandolinenspieler und eine Frau mit einem Tamburin sangen. Ein als Arzt verkleideter Mann in schwarzem Gewand kniete auf dem Boden und versuchte, einem hell Gekleideten in Kniebundhosen eine große Klistiersspritze in den Hintern zu drücken. Einer, dem zwei große Teufelshörner aus dem Hut schauten, guckte lachend zu. Neben ihm schüttelte sich ein ebenfalls weißgekleideter Herr aus einer großen Flasche Chianti in den Mund. Eine junge Schöne zeigte sich dem Volk als Offizier mit Epauletten. Von den rechts und links gebauten Holzbalustraden schaute Alt und Jung auf das Treiben herab. Drüben auf dem Corso ging schon das Rennen los. Die ungesattelten kleinen Pferde sprangen nach vorn und wurden von der mitgehenden Menge rechts und links des Corso mit Schreien, Händen und Stöcken vorwärtsgetrieben. Ein Pferd lag schon verletzt am Rand der Straße. Man konnte vermuten, dass ein sehr kleines Pferd, das weit vorne lief, der Gewinner würde. Es war für den Römer eine Ehre, ein solches Pferd zu besitzen. Die hochaufragenden Häuserreihen rechts und links. Die Kutschen hielten an beiden Straßenrändern und waren durch das tobende Volk von der Straße abgeschnitten. Wenn das Rennen zu Ende war, würden sie wieder spazieren fahren. Der Preis, der Palio genannt wurde, bestand aus einem breiten Stück Gold- oder Silberstoff mit einem aufgestickten Pferd.

EINE GLOCKE vom Capitol verkündet nun, dass es jedem erlaubt sei, unter freiem Himmel töricht zu sein. Jeder Römer, der sich das ganze Jahr auf den Augenblick gefreut hat, legt nun seinen Ernst und seine Zurückhaltung ab. Das Militär zieht scherzeshalber ein, und die Stuhlvermieter preisen ihre Sitzgelegenheiten an. Männer und Frauen fangen nun an, sich zu vermischen. Frauen mit entblößtem Busen nähern sich einander und tun vertraut. Männer tragen Frauenkleider, Frauen Männerkleidung. Der Pulcinell kommt, in vielerlei Ausführungen, und ahmt artig römische Götter nach. Die Tracht des Pulcinells ist beliebt. Ein angeblicher Anwalt drängt sich durch die Menge, droht dem einen mit Prozessen, macht den anderen lächerlich durch Aufzählung angeblicher Schulden. Er sucht Jedermann zu beschämen und konfus zu machen. Wenn man denkt, er höre auf, fängt er erst recht an. Jeder dieser Eindrücke wird von einem nächsten, stärkeren verschlungen. Viele Buffos, lächerliche, verliebte, betrogene Toren. Sie schauen mit Lorgnetten ohne Glas ganz tief in alle Wagen hinein. Sie geben unartikulierte Laute von sich, und bald klingen diese über den ganzen Corso. Sehr leicht lassen sich die Masken von Bettlern und Bettlerinnen herstellen, ein farbiges Band, ein Hut und ein weißgeschminktes Gesicht. Statt Almosen empfangen sie von den Gerüsten herab Zuckerwerk und Nüsse. Alte und junge Frauen fahren mit ihren Besen den Vorübergehenden ins Gesicht. Zierlicher sind die Masken der Landmädchen, Fischer, Napolitaner, Schiffer und der Sbirren. Manche Masken haben ihren Ursprung auch im Theater. Einer lässt das Volk ein Buch mit Zahlen sehen und erinnert so ans Lottospiel, eine Leidenschaft der Römer.

Eine Frau mit Doppelgesicht steckte in der Menge. Man wusste nicht, was vorn und hinten war. Immer wieder das Gedränge der Kutschen. Die Menschenmenge musste darauf achten, nicht zwischen Pferde und Deichsel zu kommen. Goethe hielt inne. Der römische Karneval verwüstete ihm den Kopf. Er hatte den Frankfurter Historienmaler Johann Georg Schütz, der mit ihm in Tischbeins Wohnung lebte, während Tischbein in Neapel war, gebeten, mitzukommen und die Masken und Verkleidungen zu zeichnen. Später sollte sie Georg Melchior Kraus in Kupfer stechen und seinen römischen Karneval, den er 1789 herausbrachte, beigeben.

Sehen Sie nur das Gedränge, sagte er zu Schütz, ob wir da wohl wieder lebend herauskommen? Von allen Fenstern hingen Teppiche und Tücher herab.

Natürlich, sagte Schütz, ich habe das schon öfter mitgemacht! Dann verschwand er.

Die schönsten Frauen aus der Mittelklasse hatten sich auf die Balkone und an die Fenster begeben und präsentierten sich dort, zum Teil in Männerkleidern. Vielleicht entdeckte man in einem niedlichen Offizier den Gegenstand seiner Sehnsüchte. Niemand war vor einem Angriff sicher, und so entstand aus Mutwillen hier und da ein Scharmützel oder eine

Schlacht. Zum Teil ließen die Leute auch der Eifersucht und persönlichem Hass freien Lauf. Es war Entfesselung. Die Händel waren unzählig und mehr lustig als ernsthaft. – Das Gedränge zwang eine Menge Masken aus dem Corso hinaus in die Nebenstraßen. Viele verliebte Paare, die auch angegriffen wurden. Mitten auf der Straße wurden kleine Stegreifspiele von Mordgeschichten und plötzlicher Kindsgeburt lebendig aufgeführt. Am Abend stockte die Bewegung der Kutschen rechts und links. Die Papstgarde versuchte, Ordnung in die Reihen zu bringen. Aber alles kam in die Klemme. In der Nacht wurden alle Gesichtsmasken abgelegt. Die Theater gaben ernsthafte Opern und Ballette.

Zu Beginn des Nachmittags aber erblickte Goethe auf dem Venezianischen Platz im Gedränge die Kutsche Angelica Kauffmanns. Die Kutsche wurde nur von einem Pferd gezogen, vornauf saß der Kutscher, und hinten stand ein Lakai. Es war eigentlich eine kleine, nicht besonders luxuriöse Sänfte auf vier großen Rädern. Er glaubte, zwei Leute darin zu erblicken. Er näherte sich von der Seite. Angelica sah ihn im Gewühl und öffnete die Tür, um ihn zu begrüßen. Er trat an den Schlag, an den Vorbeiwallenden vorüber, und sie neigte sich freundlich und halsbrecherisch zu ihm hinaus. Da sah er, dass die zweite Person, die neben ihr saß, jene schöne Mailänderin war. Er fand sie nicht verändert. Sie musste sich von der schweren Lebenskrise gut erholt haben. – Wie sollte sich eine gesunde Jugend nicht schnell wiederherstellen, rechtfertigte er vor sich, was er selbst angerichtet hatte. Ja, ihre Augen schienen ihn frischer und glänzender anzusehen, mit einer Freudigkeit, die ihn bis ins Innerste durchdrang. So verging einige Zeit sprachlos, und während sich Maddalena wie Angelica auch nach draußen reckte, um ihn besser zu sehen, sagte die Malerin, sie müsste nun den Dolmetscher machen, denn ihre junge Freundin komme vor Bewegung nicht dazu, auszusprechen, was sie schon lange gewünscht hatte. Sie sei ihm nicht nur für die Englischstunde verpflichtet, sondern auch für den Anteil, den er an ihrem Schicksal und ihrer Krankheit genommen habe. Er hatte sich wiederholt aus Schuldbewusstsein bei Angelica erkundigt, was aus ihr geworden war. Der Kontakt mit Maddalena war nach dem Ende ihrer Verlobung abgebrochen.

Goethe sprach den banalsten Satz, den man sagen konnte: Wie geht es Ihnen?

Es geht ihr gut, dolmetschte Angelica, besonders durch die Teilnahme ihrer Freunde und natürlich vor allem durch die Ihrige. Sie sehen, sie hat aus der tiefsten Einsamkeit wieder in die schönsten Kreise gefunden. Ich habe mich natürlich ihrer angenommen.

Das ist alles wahr, ergriff Maddalena nun zu Angelica gewandt zum ersten Mal das Wort, indem sie ihm die Hand reichte, damit er sie küssen konnte.

Mehr konnte Goethe nicht aushalten. Er entfernte sich mit Hinweis auf das Gewühl und, wie er selbst schrieb, mit dem zartesten Gefühl der Dankbarkeit gegen Angelica, die sich des guten Mädchens tröstend angenommen hatte. Er schmeichelte sich, sein Anteil an Maddalenas Schicksal habe darauf ein wenig Einfluss genommen. – Er stürzte sich wieder, jetzt selbst infiziert, in den römischen Karneval. Seine deutsche Kleidung genügte als Maske. Der Karneval ging weiter.

ER DACHTE noch einmal über das Ganze nach. Das war keine Wertheriade gewesen. Das war eine Nachfolge von Friederike, Lilli und Frau von Stein. Er war derjenige, der verführt hatte. Mit seiner Blitzhypnose auf dem Wege über das Englischlernen. Sie war vollkommen perplex gewesen, dass sich ihre schönsten Wünsche so plötzlich erfüllen sollten. Und ihr Verlobter war in diesem Augenblick völlig in Vergessenheit geraten. Sie sah eine Chance. Mit fünfzehn nach Rom gekommen, in die große Stadt, durch ihren Bruder, den Kaufmannsgehilfen. Wahrscheinlich früh die Eltern verloren. Geredet hatte sie ja mit Goethe über ihre Biographie nie. Von der seinigen wusste man in der Welt wenigstens ein wenig. Hatte er sich schuldig gemacht? Aber es war ja nur ein Spiel mitten in der Gesellschaft gewesen! – Und die beobachtete genau. – Hatte er etwas Verbotenes getan? Sie war damals so schutzlos und angreifbar gewesen. Anfragend, wie er geschrieben hatte. Da war sie bei ihm an den Richtigen gekommen, denn er mochte solche jungen Frauen. Schuld, das war ein juristischer Begriff, und auf ihn konnte er gar nicht zu treffen. Susanna Margaretha Brandt war schuldig gewesen, deren Hinrichtung im Jahr 1772 anzusehen man ihn gezwungen hatte. Sie hatte ihr Kind getötet. Und er hatte sich als Minister in Weimar auch für die Hinrichtung einer Kindsmörderin ausgesprochen. Diese hier war keine Kindsmörderin, mit Sicherheit noch Jungfrau, aber durch den Klatsch über alles informiert. Er war der Mörder, der Seelenmörder!

Hoffentlich fand sie schnell jemanden, der sie heiratete. Giuseppe Volpato, der Sohn des berühmten Kupferstechers aus dem Kreis um Angelica Kauffmann, interessierte sich für sie, hatte er gehört. Das war ein Mensch, den sie fesseln konnte. Wenn sie es richtig anstellte, konnte es kein halbes Jahr dauern, bis sie ihn hatte. Sie würde Kinder bekommen, würde vielleicht ein zweites Mal heiraten, denn Volpato sah nicht so aus, als würde er lange leben. Sie würde Enkel haben und sich an deren Anblick erfreuen. Er hätte vor der Kutsche auch ein längeres Gespräch führen oder in Angelicas Wagen mitfahren können.

Goethe erzählt die ganze Geschichte bestimmt in Nuancen falsch. Wenigstens eine Entschuldigung gegenüber Maddalena wäre angebracht gewesen. Denn schließlich hatte sein Übergriff die Sache ins Rollen gebracht. Oder er hätte mit Angelica und ihrer Freundin einen Termin für den Abend vereinbaren können. Er ging stattdessen auf eine Festine, einen der großen Maskenbälle, die im erleuchteten Theater Aliberti gegeben wurden.

Der ganze Saal war mit schwarzen Tabarro-Masken angefüllt, bis auf wenige, die sich ihre Kostüme aus den Kunstepochen ausgewählt und römische Statuen nachgeahmt hatten. Alles mehr oder weniger gut. Die Tänze und Ballette dort waren pantomimisch stark übertrieben. Aber die Römer liebten das und waren daran gewöhnt. Besonders das Menuett wurde übermäßig kunstfertig ausgeführt. Ein Kreis bildete sich darum herum und bewunderte es. Er machte die Nacht durch, weil er nun schon einmal hineingeraten war und sah bei der Rückkehr zu seiner Wohnung, sie lag ja nicht weit, dass man den Corso vom Unrat des vergangenen Tages gründlich säuberte. Um zwei Uhr am Nachmittag war er wieder da. Er wollte sich alles aufschreiben, und Schütz sollte zeichnen. Es war alles fast so wie am Vortag, nur dass die Sitzplätze jetzt teurer waren. Der Aschermittwoch war ein Fest wie im Traum.

Er ging seine Zeit in Italien noch einmal in einer Art Blitztempo durch, bevor er sich von der schönen Mailänderin verabschieden würde. Er hatte sich in Rom weitergebildet, und eigentlich war es ein ungeheuerlicher Neuanfang gewesen. Nach dieser Wiedergeburt kamen auch die alten Beziehungen nicht mehr in Frage. Maddalena war die Erste, die angefragt hatte, weil sie das, wie keine Zweite, gefühlt hatte. Für ihre Freundin, die Römerin, hatte er sich überhaupt nicht interessiert. Italien! – Besser Rom! – Damit hatte sich schon etwas anfangen lassen, jetzt ein paar Monate, bevor er die Stadt wieder verließ. Er blickte zurück. Er war zu seinen Quellen, zur Antike, zurückgereist. Auch zurück in seine Kindheit, wo diese ganzen Stätten, die er aufgesucht und von denen er gelernt hatte, als Prospekte an den Wänden seines Elternhauses gehangen hatten. Am Samstag, dem achtundzwanzigsten Oktober 1786, war er über die Nerabrücke des Augustus in die Stadt hineingefahren. Zwischen Schlaf und Wachen, dem Tag entgegen. In der Locanda del Orgo war er eingekehrt und hatte nach Tischbein geschickt, bei dem er wohnen wollte. Nie hatte Tischbein größere Freude empfunden, als bei Goethes Anblick. In der Heimat wusste niemand außer seinem Diener Seidel, wo er war. Aberglaube, dass er sonst nicht hinkomme. Dichter und Künstler sollten zusammenarbeiten, das war ihm bei seiner Ankunft gleich aufgegangen. Tischbein würde die Titel Kupfer für die neue Göschen-Ausgabe entwerfen. Goethe nannte sich hier Philipp Möller. Aber jeder wusste, wer er war. Bis auf Hofrat Reiffenstein. Dem gefiel sein neuer Name nicht, und er baronisierte Goethe kurzerhand.

Goethe kaufte sich einen Lageplan der Altertümer und schrieb nach Hause: Endlich bin ich in dieser Hauptstadt der alten Welt angelangt. Bei seinem Herzog bat er wegen seiner heimlichen Abreise um Verzeihung. Aber er würde als neuer Mensch zurückkommen und sich und seinen Freunden zu größerer Freude leben. Er sah viele Antiken, Fresken und Abgüsse. Er war in Rom und auf den ganzen Reisen durch Italien nicht einen Augenblick müßig, denn er schrieb auch viel Neues, und manches Alte schrieb er um. Die Malerin Angelica Kauffmann war damals fünfundvierzig Jahre alt und wurde seine beste Freundin. Alle, die er kannte oder kennenlernte, waren mit Kunst beschäftigt oder handelten damit. Angelicas Mann, Antonio Zucchi, sechzig Jahre alt, ein Architektur- und Dekorationsmaler, lud ihn immer wieder in ihr beider gastliches Haus in Rom ein. Goethe glaubte, er habe die Dinge nie richtig eingeschätzt, bevor er nach Rom gekommen war. Von Frascati aus sah er zum ersten Mal die See, das Tyrrhenische Meer. Jemand bracht ihm ein Stück erkalteter Lava des Vesuvs mit. Es zog ihn mächtig dorthin. Ein Meilenstein war die Bekanntschaft mit Carl Philipp Moritz. Wahrscheinlich profitierte Goethe mehr von diesem als umgekehrt. Er kaufte sich am neunten Dezember des Jahres den berühmten kolossalen Juno-Kopf, in Wirklichkeit eine Büste der Antonia, der Mutter des Kaisers Claudius.

Ich gehe absolut zu Niemandem, außer Künstlern, schrieb er an Frau von Stein. Moritz brach sich den Arm und Goethe fühlte sich wie sein jüngerer Bruder und half ihm, wo er konnte. Dass er so viel hatte verlernen müssen, hatte er nicht gedacht. Aber die Iphigenie wurde fertig.

Den Winter 1786/87 spürte man in Rom fast gar nicht. Wenn er Moritz während seiner Erkrankung pflegte, stand immer noch der Satz im Hintergrund: … und dann aus ihrem Selbst mein eigen Selbst erweitern! – Der Herzog band ihn auf unbestimmte Zeit von allen seinen Pflichten los. Und so konnte er es in Italien nun ruhiger angehen lassen. Ohne den Kunsthändler und Bankier Thomas Jenkins hätte es die Begegnung mit Maddalena Riggi nie gegeben. Dieser kluge und glückliche Schalk besitzt die herrlichsten Sachen, schrieb er an Frau von Stein. Und:

Ich hab' nur eine Existenz, diese habe ich diesmal ganz gespielt und spiele sie noch. Komm' ich um, so komm' ich um!

An Carl August: Mit dem schönen Geschlecht kann man sich hier, wie überall, nicht ohne Zeitverlust einlassen. In drei Wochen wollte er in den Süden und nach Sizilien. Palermo, wo der Graf Cagliostro geboren war, interessierte ihn. Vorher bat er Frau von Stein noch um ihre Liebe. Und am zweiundzwanzigsten Februar 1787, einem Donnerstag, machte er sich von Rom aus auf die Reise nach Süden. Er inspizierte den Boden, die Felder und die Steinformationen, übernachtete in allen möglichen Verstecken und schrieb weiter Briefe. In Neapel ging er den Vesuv hinauf, bis an den Rand eines feuerspeienden Kraters. Natürlich zeigte ihm Tischbein alle Kunstschätze der Stadt. Er sah Pompei, Herculaneum und kletterte während eines Ausbruchs zum dritten Mal auf den Vesuv. Er glaubte, die Urpflanze entdeckt zu haben. Er ritt auf Pferden und Mauleseln, durchquerte reißende Flüsse, sah Cagliostros Wohnung und war am Mittwoch, dem sechsten Juni 1787 wieder in Rom.

DIE ZEIT war schnell vergangen. Seine Gedanken kehrten zu den Ereignissen in Castel Gandolfo zurück. Bevor er wieder nach Norden musste, würde er noch von der schönen Mailänderin Abschied nehmen. Sie empfing ihn im Morgenkleid, tief dekolletiert. Eine Art kurzes Seidentüchlein um die Schultern geschlungen. Darunter trug sie das weiße Kleid, das fast bis zum Boden reichte, und das sie mit der Linken in schöne Falten drapierte, während sie ihm die Rechte zum Kuss reichte. Sie hatte ein helles Tuch lose um den Kopf geschlungen und blickte ihn verträumt an. Eine Bediente reichte ihr ein silberbesticktes Überjäckchen gegen die Morgenkälte. Sie hatte sich damals, als er sie mit seinem Englischunterricht überfallen hatte, auch, wie alle römischen Mädchen, gefragt: E che concluderemo? Wohin führt das? Aber alles war so schnell gegangen, dass sie sich die Antwort nicht hatte geben können. Sie war doch kein Malermodell. Er hatte gehört, dass sie in die höhere Gesellschaft um Angelica vollkommen einbezogen war und sich zu benehmen wusste. Aber das brauchte man ihm nicht zu sagen. Er hatte es in Castel Gandolfo auf den ersten Blick gesehen. Giuseppe Volpato, der Sohn des berühmten Kupferstechers, sollte ihr Favorit sein. Oder besser: Sie seine Favoritin. Sie glaubte, hier brauche sie nicht danach zu fragen, wohin das führe. Es führte wohl stracks in die Ehe. Und obwohl Goethe ihr das gönnte, war er ein bisschen eifersüchtig. Volpato stand mit Zucchi im besten Einvernehmen, und um die finanzielle Seite brauchte sie sich keine Sorgen zu machen. Mit Anmut und natürlicher Zierlichkeit versicherte sie ihm, dass sie sich erkundigt hatte, dass er aus der Ferne an ihrem Schicksal teilgenommen hatte. Die anderen Namen habe ich vergessen, sagte sie, Ihren aber nicht. Als ich unter den geliebten und verehrten Namen auch den Eurigen hörte, horchte ich mehrmals nach, ob es auch wahr sei. Sie haben sich ja über mehrere Wochen nach mir erkundigt. Dann schickte ich meinen Bruder Carlo zu Ihnen, um Ihnen für uns beide zu danken. Ich wäre mitgegangen, wenn es sich geziemt hätte. Sie fragte nach dem Weg, den er nach Deutschland zurücknehmen wollte, und als er ihr seinen Reiseplan erzählte, sagte sie: Ihr seid glücklich, so reich zu sein, dass Ihr Euch das nicht zu versagen braucht. Wir anderen müssen uns an die Stelle finden, die Gott und die Heiligen uns angewiesen haben. – Diese freimütigen Worte hatten ihn sehr berührt.

Schon lange, fuhr sie fort, sehe ich vor meinem Fenster nach Ripetta Schiffe kommen und abgehen, ausladen und einladen. Und ich denke manchmal: Woher und wohin das alles? Jetzt führe ich den Haushalt meines Bruders, der, wenn seine Besoldung einmal besser wird, von dem Zurückgelegten einen eigenen Handel beginnen will.

Sie blieben noch einen Augenblick allein, und Goethe ärgerte sich über sich selbst, dass sich die ganze alte Geschichte, die er in die Vergessenheit geschickt hatte, wieder vor seinen Augen aufzurollen begann. Der Bruder kam ins Zimmer und die Unterhaltung wurde einsilbig. Er ging nach draußen, da war sein Kutscher verschwunden, den ein Knabe holen lief.

Ich komme nicht weg, rief er zu ihrem Fenster hinauf, man weiß, so scheint es, dass ich ungern von Euch scheide.

Ich habe Euch vom ersten Augenblick an gern gehabt, rief sie zurück, jetzt kann ich es ja offenbaren.

Ich auch, rief Goethe und entfernte sich mit dem Schlussbekenntnis der zartesten wechselseitigen Gewogenheit.

Ich habe in einigen kleinen Passagen mit Goethes eigenen Worten erzählt.

Jens Korbus, 1943 in Ostpreußen geboren. Studium der Germanistik und Philosophie. Mitarbeit an der Uni Düsseldorf und am Heine-Institut. Gymnasiallehrer. Fachinger Kulturpreis für seinen „Brief an Goethe". Zahlreiche literarische Veröffentlichungen.

Jens Korbus
Charlotte
Books on Demand
2015
ISBN: 978-3738649390
48 Seiten
Preis 4,99 EUR

Goethe hat über seine Beziehung zu Charlotte von Stein zeit seines Lebens hartnäckig geschwiegen. In diesem fiktiven Gespräch mit Eckermann am 25.3.1825 spricht er zum ersten Mal darüber. – Dann kommt es zu einer Begegnung zwischen dem fünfundsiebzigjährigen Goethe und seiner dreiundachtzigjährigen Freundin.

Jens Korbus
Deutsche Sommertage
Books on Demand
2016
ISBN:
978-3741207204
80 Seiten
Preis 5,99 EUR

Kurz nach der Wende, im Sommer 1990, sitzen in einem Vorort von Weimar ein paar Leute beim Frühstück, die alle „das neue Land" kennenlernen wollen. Es sind der Westdeutsche Sven mit seiner Freundin Johanna, die Zimmerwirtin Frau Kriesche, Hellinger, ein alter Wehrmachtssoldat und Hartmut, ein DDR-Bürger. Sie schwatzen und erinnern sich. Sven läuft mit seiner Freundin durchs Goethe-Haus und durch Weimar. Am Ende kitten die beiden sogar eine fast schon gescheiterte Ehe.